절벽은
　　도전이다

절벽은 도전이다

초판인쇄 | 2019년 8월 1일
초판발행 | 2019년 8월 10일

지 은 이 | 윤혜진
편집주간 | 배재경
펴 낸 이 | 배재도
펴 낸 곳 | 도서출판 작가마을
등　　록 | 2002년 8월 29일제 2002-000012호
주　　소 | 부산광역시 중구 대청로 141번길 15-1 대륙빌딩 301호
　　　　　 T. 051)248-4145, 2598　F. 051)248-0723　E. seepoet@hanmail.net

ISBN 979-11-5606-127-4 03810　정가 12,000원

※ 이 도서의 국립중앙도서관 출판예정도서목록CIP은 서지정보유통지원시스템 홈페이지
　 (http://seoji.nl.go.kr)와 국가자료공동목록시스템(http://www.nl.go.kr/kolisnet)에서
　 이용하실 수 있습니다. (CIP제어번호: CIP2019029899)

※ 이 책의 무단전재 및 복제행위는 저작권법에 의거, 처벌의 대상이 됩니다.

※ 본 도서는 2019년도 부산문화재단 지역문화예술육성지원사업으로 지원을 받았습니다.

절벽은 도전이다

윤혜진 시집

도서출판
작가마을

꽃밭에

울긋불긋 꽃들이 피듯이

문학의 꽃밭에도

시들이 그렇게 피었다.

두 번째 시집을 내면서

행여 보리수나무의 설익은

보리수는 아닐지

얼굴 붉어지는 보리수다.

저의 시와 함께 하실 모든 분들에게

감사를 드린다.

청포도 익어가는

7월의 싱그러움은

그래서 더 그리운

초록세상이다.

2019년 여름

윤 혜 진

윤혜진
시집

절벽은 도전이다

절벽은 도전이다

제4부

윤 혜 진
시집

제1부

쓰러지는 것들이 일렬로 선다

나무가 쓰러진다
나무에 앉았던 바람도 쓰러진다
쓰러진 나무가 지지배배
강남 제비가 왔다
붉은 가을을 보내고
하얀 겨울을 보내고
제비가 봄을 물고 왔다
이사 온 제비 집을 고친다
이사 온 뒷집도 고친다
바람이다
나는 바람이어서
흔들린다 세상 바람 못이겨서
흔들리는 파스칼이다
나를 붙들어 세우는 것은 믿음이다
꿋꿋한 그가 서 있다
흔들리는 것은
다시 세움이다
쓰러진 절망이 말씀을 붙잡고
다시 일어선다
봄이 오고 있다

모래의 가출

더위를 털고 가는
더위의 발에
모래알갱이가 진딧물처럼
따라 붙는다
이참에
모래밭을 떠나고 싶은
모래
신발에 마들마들 따라 붙는다
해변의 삶이 너덜난 모래
파도소리가 귀를 후비고 떠난
간조 때
썰물을 따라 떠나고 싶은 초저녁이다

강모래가 모여 사는 강가에서
집 나온 아이는 금모래와
달빛과 살고 싶다

모하 댁

전기밥솥에 밥을 안치고
산밭에서 딴 호박 된장국
끓여 놓고
선창 배를 보러 나갔다가
매미태풍에게 요절 당한 모하 댁
뭐가 바빠 속절없이 떠나셨나
아침 지어 놓은 부뚜막엔
매미태풍 되어서
연기를 피울까
열아홉 시집와서 반어부가 되었다
통통배 닻을 내리면 만선의 하루가 저물고
섬 집 지붕엔 흰 박꽃이 핀다
매미태풍 불던 날
통통배 살리려다
그 태풍 막지 못해 통한의 눈물이 되어버린
모하 댁

절벽은 도전이다

아스라이 내려다보이는,

절벽
무섭기는,
잘 부딪혀 봐요
담쟁이도 두 손 꼭 잡고
잘 타고 있잖아요

실패
무섭기는,
도전 해 봐요
이제 이별한 해님도
구름에게 스카웃되어
다시 뜨겁잖아요

이별
무섭기는,
뛰어내려 봐요
나뭇잎을 태워 줄

너른 바다 위에
사공이 있잖아요

몰래 카메라

몰래 카메라에
오는 봄 가는 봄도 하늘하늘 찍혔다
다만 카메라가 찍는 그 순간을
내 눈이 먼 산을 봤을 뿐이다

외제 차 하나 몰고
이사 온 이웃
몰래 카메라를 달아놓은
그 집 앞을 지나 갈 때는, 머리도
곱게 빗어야 하고 옷차림도 단정해야 한다
슬리퍼도 끌고 가서는 안되고
풀잎 하나도 바람에 옴짝 못하게 되었다
외제 차에 올라탄 개미는
도둑으로 몰렸다

꽃을 위한 봄인지
누구를 위한 몰카인지
자유가 자유롭지 못한 길

햇빛 쨍쨍한 날
사람 마음을 화사하게 찍어대는
몰래 카메라를 찾으러간다

핸드폰을 만지는 여자

빨간 핸드폰을 손에 든 여자가
흰 핸드폰을 가방에 든 여자가
까만 핸드폰을 입에 문 여자가
까망, 하양, 빨강
핸드폰에도 색깔이 있다
핸드폰이 소리를 꺼집어낸다
전파를 먹느라 한참 뜨거운 여자들은
소음에 뒤섞여
썰물처럼 빠져나간다
스마트폰 화면이 스마트하게 뜬다
엄지로 밀고 검지로 밀고
어두운 나를 밀어내고
낯선 길을 찾는다
철 지난 핸드폰이
메뉴를 누르고 확인을 찍고
일일이 가는 길을 챙기는 그에게
분홍문자를 파란하늘에 띄운다
비명 같은 벨소리를 만지고
휴지통 같은 메일을 만지고
지고지순한 소통을 만진다

피리소리 들린다

냇가의 버드나무가
긴 팔을 흔든다
아 목동들의 피리소리가
언덕을 넘어 간다
쇠풀 지게 진 아이가 소를 몰고 간다

바람도 꽃구름을 지고 간다
풀피리 꺾어 불던
보리피리 푸른 친구들
피리들이 모인 고향언덕에서
혹부리의 피리소리가
도깨비를 몰고 간다
지나간 시절은
도깨비 시절

꿈처럼 지나가 버렸다

암벽타기

암벽이 스릴을 탄다
나를 내려놓고 타는 암벽이
통곡하는 나를 붙든다
삶은 암벽타기보다 더 어렵다고
허리끈 꼭 다문 밧줄이
끊어지지 않는 바둥거림이
동아줄 같은 암벽을 탄다
무거운 짐을 진 낙타가
암벽 같은 사막을 걷는다
순례자는 통곡의 벽에서
세상 짐 내려놓고 통곡을 한다
후련한 통곡이 사막을 걷는다
겨울이 바위를 붙잡고 떤다
담쟁이도 엉엉 겁먹은 울음을 운다
주말이 주는
여유가 내일을 탄다

용두산공원에 가다

그때 그 계단은 어디에 있는지
바람처럼 날아가 버린 세월
에스컬레이터 올라서면
옛날이 먼저 와서 반긴다
남항 앞바다 내려다보는
긴 의자엔 유월의 푸른 바람이
앉아 있다 초록으로 물든 정원수는
잃어버린 청춘처럼 반갑다
장군의 동상이 용맹처럼 서 있고
텅 빈 무대에는 떠나버린 낭만이 나뒹군다
공원의 생기처럼 마당을 쪼고 있는
비둘기
살아있는 낭만이다
살아있는 공원이다

용두산 투어

1. 용두산이 변했다

그때 없던 면세점이 있고
그때 없던 G마트가 있고
그때 없던 미니고궁도 있다
그때 없던 관광버스도 있고
그때 많던 사람은 다 어디에
그때 있던
공원은
새 마포로 단정한 선비 같아라

2. 비둘기는 그대로다

작은 고궁 안에 비둘기가 있다
많지 않은 녀석들
많지 않은 아이들
간식을 주고받는다
간식 얻어먹어 좋고
간식 먹여 주어 좋다
시간이 시간을 먹는다
호르르 날아가는 녀석들
호르르 쫓아가는 아이들
은항공원
비둘기는 그대로다

칼날을 읽는다

칼의 날에는
생선의 비늘이 비비적거린다
억겁의 시간이 갑옷처럼 붙어 있다
갑옷을 입은 수병들이 울돌목을 사수하고
파란시간이
독살에 빠져나간
파도로 환생한다
바다의 어깨를 지키고
어깨는 바다의 날개가 된다
시의 칼잡이는
시를 이렇게 저렇게 토닥거린다
환유로 토닥거리고 바람으로
달빛으로 하늘의 별로 빗물로 태양으로
은유로 토닥거리고
시의 바다 위에는
상상의 머리가 떠돌아다닌다
시를 토닥거린다
은빛 생생한 언어의
칼날을 읽는다

효자손

어디 불편해?
나 지금 치료하러 가는 길이야
굽은 등을 만나도 내색하지 않을 거야
내게는 쓰다 남은 행복도 있고
그와 손잡을 열정도 있어
깜부기는 알까
청보리 눈에 고인 까만 눈물을
종달이는 알까
오월의 하늘이 유독 푸르다는 것을
가끔은 안개 속에
삶은 갇히지만
아기 햇빛이 노란 민들레에게 말했어
안개는 캄캄하고
민들레는 쓰지만
나는 할 수 있어
내 손을 길게 뻗어
쓰다 남은
시간을 데려 올 수 있어

바위의 침묵

큰 바위는 입을 다물었다
세상사 시끄러워서
입을 다물었다
소인배 같은 돌멩이들이
화면을 가득 무겁게 한다
입을 벌린 돌멩이들은
모래알 같은 세상사를
조각조각 도마질해서
햇볕에 내 넌다
어쩌다 기와집이 불을 끈다
들끓는 소리의 불쏘시개 같은
먼 길 달려 온 포크레인도
탄산가스도 제 몫을 한다
입동을 퀘찬 낙엽이 나뒹군다
바스락거리는 낙엽소리가
침묵을 깨운다

겨울을 향한 겨울은 아직 침묵 중이다

기대고 싶은 바위는 말이 없다

동백꽃

지는 꽃이 더 아름답다

송이 째 떨어지는
그 붉은 함성
꽃방석 깔고 앉아
와락 토해내는 붉은 눈물
동백섬 누리마루 길에
흥건하다
해풍에 멍든 꽃잎
정에 멍든 꽃잎

바람은 그렇게 스쳐 간다

봄이 오는 소리

봄의 햇살로
봄 앓이 하는
개나리꽃 무리들이
영춘화 같은 봄맞이로
벽화를 그려 도배를 한다

꽃샘바람 파랑거리는
그 말씀 속에 팔랑거림이
버드나무속 움트는
그리움 같은
봄의 소리가 들려온다

바람이 들길을
걸어 다니고
냉이 쑥 담은
바구니 안에서 나물 캐는 이야기가
소곤소곤 들려온다

제2부

소원의 항구

낮에는 구름 기둥
밤에는 불기둥
이스라엘 인도하신 섭리
주님은
하늘가는 길을 개척하시고
황량한 세상을 헤쳐가게 하시네

이슬 젖은 새벽
갈 길 잃고
울부짖을 때
기도로 항해
하게 하시고
예비하신 소원의
항구 이르게 하소서

뜨개 방을 지나며

코바늘로 촘촘한 하루를 엮는다
하루의 손이 늘씬늘씬하게 이끌고 가는
대바늘이 하릴없는 오후를
좀처럼 먹고 있다
앙팡지게 짜낸 장갑과 양말 목도리가
전성기였던 그때 내 뜨개질은 거기서 머물고
이제는 가볍게 사는 것에 이골이 나
짜고 꿰매고 푸는 뜨개 방에는
좀처럼 들어가지 않는다
텅 비어 있어 아무거나 채우고 싶었던
갈증이 이제는 나부랭이 같은
희나리들이 가득 찬 머릿속이
뜨개 방에서 도망을 치고 있다
기특하다고 칭찬받은 하늘색 덧버선도
어떤 솜씨의 멋
촘촘히 짜는 뜨개질 구멍으로
얼금얼금 새어나가는 오후
세월 따라 사는 멋을 찾아
그 멋을 뜨고 있는 나

자판기에서
시를 뜨고 있는 것도
삶의 갈증을 뜨개질 하는 것이다
공복의 입맛 다시는
뜨개질에
하루가 지나간다

자리

바람이 앉았다 간다
검불들이 흩날린다
뉴스 지나간 자리에는
소식이 그렁그렁 자란다
바지랑대 하나 잡으려고
잠자리가 날마다 말아온다
자리가 자리를 깐다
자리는 쉬었다 가는 쉼표
그림자도 쉬었다 간다
자리가 사람을 만든다
봉사하는 자리에 봉사를 하는
그가 있다
빛이 난다
자리는 빛이다

완당 18번 집에서

입에서 십이지장까지 시원한 한나절이다
해파리 같은 만두가
젓가락에 흐물흐물 걸린다
눈만 크게 흘겨도 망가질 것 같은
씹을 것도 없이 안온한 포만감이다
날씬한 다이어트가 일어서고
시원한 숙취가 서성거린다

먹었는지 말았는지

먹어도 안 먹은 듯

안 먹어도 먹은 듯

봄날 완당집의 오후가 가볍다

학춤

학 다섯 마리가 통도사의 푸른 하늘을 춘다
학 네 마리 붉은 영산홍 춤을 춘다
학 세 마리 대나무 잎을 서걱거린다
학 두 마리 사뿐사뿐 서운암 잔디를 밟는다
학 한 마리 눈꽃 같은 이팝나무에
하얀 춤사위를 심는다
학 여섯 마리 신선이 되어 사라진다
꽃 잔치 벌인 영산홍 언덕의
선홍색 핏물은
깜짝 놀란 오월의 푸른 상처다
덩실덩실 더덩실
영혼을 헹굼질 하는
하얀 고요다

서면 가는 길

백화점 유리창에
품절되어 가는 상품이 눈에 띈다
그녀의 세일하는 명품이 가파른 숨을 쉰다
지난 가을 마지막 날린 종이비행기처럼
그 비행기 사이로 가버린
그 종이비행기도 품절 되어 간다
아직 품절 되지 않은 여자는
품절을 기다리는 한동안
한가로운 팔장을 낀다
오월도 아쉽게 품절되어 간다
그 꼬리를 비집고
유월이 걸어와 가로수에 너울거린다
품절된 낭만, 품절된 사랑, 품절되어가는
봄 속으로
품절되지 않은 초여름 햇살이
애띠다

궁항리

그날이 자꾸 생각나는 것은
아쉽다고 말하고 싶은
옛날 바닷가다
눈 아래 물결이 반가와 한다
돛단배 노 젓는 소리도
찰방찰방 추임새를 먹인다

소박한 이웃들이 조개처럼 모여 사는
파도와 구름, 바람과 갯내음 사이로
햇볕과 고즈넉한 달빛이 짭쪼롬한
통영 궁항리에는
시와 바다 그리고
모래 같은 그녀가 반짝인다

툇마루

감나무가지에 달린 초승달이
까치밥을 그냥 먹고 있다
툇마루에 눌어 붙은 별빛은
시렁에 걸린 곶감을 내 널고
하얀 서리를 맛본다
늦가을 남겨둔 마지막 주전부리
지푸라기에 엮은 무시래기를
돌담에 치렁치렁 올린다
누런 호박덩이와 볏섬
엄마의 홍시도 붉게 익어간다
그는 익어 산으로 가고
호박은 익어 툇마루에 앉았다
초가지붕에 엎드린 이엉은
가을걷이 해온
툇마루를 느긋한 눈빛으로
빤히 내려다본다

신발장

신발장에 햇빛이 들어간다
햇빛이 들어가
신발장에서 꿈틀거린다
현관에 내려앉은 햇살은
신짝을 살살 손질 한다

눈밭을 쫓아 다닌 설피
빗길을 터벅거린 장화
한번 신고 게으르게 앉아있는
부츠
큰 산 작은 산을 헤집고 다닌 운동화
추억의 먼지가 따뜻하다

어머니가 걸어 다니던흰고무신
잔치길, 민들레길
솔밭 길, 논두렁 밭고랑, 선창 길
지금은 내가 걸어 다니는 길

어머니가 벗어놓은
신장에
햇빛이 자라고 있다

그 동네

케이블카를 타듯
이방 같은 쾌적한
하늘을 달린다
상큼한 봄 햇살을 뿌리며
도시철도 4호는 눈빛 시리게 달린다
윗반송동 지붕마다 앉아 있는
부표 같은 파란 물통들은
저마다의 삶의 숨소리다
도시풍경도 신선 같은 거
반송동은 꼬리를 치켜들었다
영산대역, 동부산대학역
그 속에 살짝 숨어 있는
그 동네

떴다, 1박 2일

국립공원
풍경 1호 서해의 관매도에
1박 2일이 아침햇살 속에 떴다
지원부대처럼
일용할 양식도 따라 간다
흰 갈매기 사는 마을에
그들이 떴다
느리게 걷는 시간 사이로
덤으로 따라 온 메뚜기 방아깨비도 떴다
통 큰 언어의 맛 그것이 삶의 맛이라고
파도가 철썩거린다

1박 2일 떠나는 길
흰 구름도 둥둥 따라 나선다
갯바위 풀잎도 파란 손을 흔들고
물새도 배웅처럼 날갯짓을 한다

늦여름 찾은 갯바람은
1박 2일
동해로 떠난다

오월의 하루

풀잎과 풀잎의 행간에
녹색 문장들이 살랑거린다

해운대구 반송동 장산체육관에
푸르고 화창하게 봄이 피었다

싱그런 오월의 심장을 뒤흔드는
댓잎 소리

가슴을 훑어내는 바람소리
알프스 산속 새소리 같은 거

계곡을 타고 내려온
맑은 물소리도
오카리나를 분다

상견례

코스모스와 상견례를 한다
강변 이쪽 코모스는
강변 저쪽 갈대를 본다
담장 넝쿨을 몸에 휘감은 나는
붉은 치마폭에
가을을 쓸어 담는다
일상 한 줌 털어놓고 나선
갈대밭 속에서
나 찾아봐라, 나 잡아봐라
느린 영상물을 억새밭에 흘린다
가을을 털어내는
갈대와 하늘거리는 코스모스가
강변 찻집에 앉아
가을바람 한잔 마신다

갈증

그리움이 길어서
뱅뱅 도는 해바라기

기다림에 지친 비가 내린다
반가움은
매화꽃에 피어나고
처마 밑에 떨어지는
낙숫물소리
지난 시간처럼 째깍째깍

빈 가지에
연분홍 글씨 같은
푸른 물이 오른다
(해바라기는 언제 오려나)

빨래 줄엔
개운한 햇살이
방긋 웃는다

또, 보고 간다

봄의 머릿속에 꽃무늬가 일렁인다
미용실에서 돌아오는 길에
먼 산의 산뜻한 머리를 본다
강둑에서는
환유의 파란 바람이 분다
바람은 물결을 던져 강물 위에
물수제비를 뜬다
잡히지 않는 세월과
걸리지 않는 바람이 버들가지에
사월을 물들인다
아슬한 언덕에 개나리가 폈다
잊지 못할 노란 사랑, 노란 증오
봄이 보고보고
또, 보고 간다

야누스

낮과 밤이 두 얼굴이다
달과 해가 두 얼굴이다
똑 같은 동녘에 밝고 우울하게 뜬
너와 그가 다른 얼굴을 하고
바람과 비가
아무도 몰래 말을 건다
피시방 간판에 고양이 야누스가 걸리고
무도장 안에도 야누스가 산다
그 집 너머 담 너머에도
야누스가 잠을 잔다
아홉시 뉴스에서 탈출한 야누스가
유세장에서 눈을 뜬다
나 아닌 나도
어제와 오늘 사이
벽에 걸린
낯선 초상화

[제3부]

센텀시티의 붉은 신호

머릿속이 텅빈 벽이네
아이들은 봇짐을 싸고 허공에 돌아다니네
뜰채에
하루살이를 뜨네
고추잠자리를 뜨네
곤충채집에 잠자리를 가두네
곰팡이로 남은
누런 추억이 뜨네
어두워 놀지 못한 시간을 뜨네
지키지 못한 언약이 낡아지네
센텀시티 백화점에
남극 바다 속 같은
붉은 신호를 뜨네
롯데리아의 검은 커피를 뜨네
햄버거 한 조각으로
나른한 오후를 입질하네
하루를 부산하게 달리는
도시철도 굉음도
사람들과 뒤섞인
부지런한 삶의 누룩이네

갈대밭을 찾아

노을이 문을 닫은
순천만
어둠으로 색칠한
갈잎이 까맣다

어깨동무처럼 다정하던
달빛이
그리움 하나
갈밭에 풀어 놓는다

유통기간 지난
짧은 사랑이
아무것도 보이지 않는
갈밭에
갈잎소리가
은은한 달빛과
수런거린다

아쉬움이 바람처럼 흔들린다
버석거리는
아쉬움 하나
두고 간다

팽이를 친다

1.
둥근 간판이 돌아간다
돌아가는 것은 나를 보고
내 집을 찾아오라는
몸짓이다
한 길 건너 이용원 간판도
돌고 있다
돌아가는 간판 너머
그때의 팽이가 돌아가고 있다
겨울 언 땅 위에서
팽이가 돌아가고
벙어리장갑이
벙어리를 친다
말썽꾸러기를 친다
말썽꾸러기가 거듭 맞고 있다
맞지 않아서 나약한 아이들
팽이처럼 기쁜 세상을 돌아보지도
못 하고 윙윙 울고 있다

맞아야 살아가는 법을
팽이에게서 배운다

2.
팽이를 친다

지친 날이 눈 뜰 수 있게

팽이는 돌아야
팽이다

도는 팽이일 때
삶도 삶이다

박경리와 펄벅

 – 경작

흙끼리 모여서 소설을 쓴다
토지의 그가 그 토지에 묻힌
얼핏얼핏 쳐다보고 가는 언덕에 유물처럼 남겨진
잔디가 누렇게 깔렸다

그는 왕릉의 텃밭에서
대지의 명작을 일구고
은행잎엔 누런 낮달이 걸렸다
시간 한 조각 베어 문 붉은 토우가
선 기슭에 보이고
와글와글 끓어오르는 상념은
묵은 땅을 갈아
엎는다

대지도 토지도 땅에 묻히고
가을날 푸른 바람이
한려수도를 지나가고 있다

드레스 룸

데면데면 하면서 버리지 못한 미련들이
여기저기 걸려있다
정 들어서 못 버린 판타롱
시원해서 못 버린 민소매
그리워서 못 버리고
아까워서 못 버리고
못 버리고, 못 버린 것들이 일탈 중이다
엉거주춤한 시간이 돌담에 걸리고
층계를 올라온 아침 해가 신선하다

햇빛 한 움큼 담은
니트 주머니에서
내일의 외출이 걸어 나온다

비밀번호

1.
몸의 비밀번호는
엄지손가락이다
엄지손가락의 무수한 회로가
온갖 비밀을 품고
모른 척 시침떼기를 한다
숨겨진
어둠을 밝혀내고
지문은
헤어진 그날을 찾아간다

2.
비밀번호를 잃어버린 낮달이
마당을 한 바퀴 빙 돈다
수첩을 뒤집는 사이
옆집 자물쇠는
단박에 문이 열린다
부끄러운 건지
낮달이
멋쩍은 웃음을 짓는다

사월은 꽃이다

하얀 목련이
하얀 소리로 떨어진다

벚꽃 숲 걸어가는 그녀도
하얗게 눈꽃비가 된다

분홍진달래가 피고 싶은 봄
화전 한 접시 붉게 구워진 봄

꽃샘바람 울고 가는 언덕
개나리도 노랗게 핀 봄

사월은 꽃이다
꽃이어서 아프다

빈 의자

슬퍼할 일도 아니에요
슬픈 일은 아득히 날아간
어릴 적 날리던 연이에요
빈 의자에
빈 바람이 기웃거려요
어릴 적에 날아간
방패연이 돌아와
기웃거려요

실바람 한 점
허한 마음 한 점
빈 의자에
살짝 쉬었다 갑니다

겨울 양지

햇볕이 깔아놓은 양지쪽 자리에
왜소한 잎들이 오종종 둘러앉는다
돌담을 등받이 한
어머니의 추억이 앉아 있다
그 추억 따라 가다가
나뭇잎도 따라 앉고
나도 따라 앉는다

양지 쪽 깔아놓은 햇빛 멍석
어머니의 모습이
앉아 있다

엄마의 기억

더듬더듬 걸어가는
엄마의 기억

엄마의 그리움에
고개를 넘던

엉겅퀴 살짝 붉은
엄마의 그리움

강을 건넜다

카톡세상

1.
여기저기서

리필을 달고
또 달고

무한 리필이다

강가에서
수풀 속에서
야자수 열매 따는
짐승에게도
카톡 카톡,
잠자는
내 머리 속에도
카톡은 꿈을 엮는다

2.
빈 방을 예약한다
카톡이 없는 방에
한 줄기 고요를 매단다
고요가 고요를 끌어안은
자유가 자유를 끌어안은
아득한 시간이 지나간다
카톡카톡 지즐대던
새는 날아가고

건넛방엔 조간신문이
날아든다

산성에서

꽃이 핀다
갈꽃이 일렁인다
신들이 앉아
불꽃을 피워올리고
불씨들이 앉아서
모의를 한다

억새가 계곡에서
더벅머리를 감는다
빈 가지에는
적막이 매달리고
떠나가는 바람이
아스팔트를 쓴다
나뭇잎은
새가 되어 날아가고
가을이
툭툭 떨어진다

붉은 모자를 쓰고

나는

산성 남문을 걷고 있다

겨울바다

짭쪼롬 해서 얼지 않는
영상의 온도
항상 푸르다
푸르러서 젊디젊은
불멸의 블루

바다가
잔챙이 같은 파도를 낚아
주전부리를 한다
호떡을 주전부리 하는
손들이 어묵 막대기를
나이처럼 세고 있다

갈매기의 은빛 날갯짓
파도를 두들긴다
아등바등 살아온 시간들은
썰물처럼 빠져나가고

[제4부]

포켓몬

어쩌면 좋을까
거리로 산으로
밤이 되어도
달빛을 밟으며
잡을까 말까
바람 너머로 파고드는
바람을 잡으러 간다
영혼이 영혼을 끌고
몬이 몬을 끌고
게임을 잡으러 간다
좀비를 잡으로 간다
아이가 삼촌을 따라간다
삼촌이 몬을 따라간다
산등성이까지 따라가 잡은 몬
헐근헐근 파닥거린다

설 놀이 윷을 던져 버리고
허공 속에 서성거리는
포켓몬을 잡으러 간다

새 학기

1.
삼월 언저리에 걸쳐 앉는다

삼월은 새 학기다
일학년이 이학년 되는 것도 새 학기다
육학년이 중학생 되고
중삼이 고등학생이 되는 것도
고삼이 대학생이 되는 것도
새 학기다
노란병아리같이 보송보송한 우리 민성이도
노란 유치원생을 벗고
초등교에 들어가는 것도 새 학기다

2.

인생의 새 학기가 오솔길에 걸쳐 앉는다

그대를 처음 만난 것도 새 학기다
웨딩마치를 올리던 그 날도
첫아이가 태산을 무너뜨리고
태어나던 그날도 새 학기다
아직도 마흔아홉을 넘어서던 지천명
기초연금을 받을 삼월도
인생 시니어의 새 학기다

삼월은
봄을 처음 배우는
계절의 새 학기다

고란사

1.
새 울음소리는
백마강을 삼키고
용의 전설이 되어 강물에 흘러간다
뒤뜰엔 젊어지는 샘물이 있다
하얀 강보에 싸인
어린 아기의 울음소리
그 전설에 나도 섞이어
벌컥벌컥 마셔보는
젊은 샘물, 백마강을 돌아온
물은 물이다
한 모금 더 마신다
마신 물속의 젊음
고란사 언덕에 핀다

2.

나뭇잎이다

백제의 흔적처럼 떠내려가는

가을이다

백제의 빗살로

조롱대는 아직 굴절되지 않은

세월의 빗질을 하고

삼천궁녀 같은

수많은 연등은

강물에 뜬

달이다

문경

1.
허연 억새가 경건하다
장원급제가 걸어가던
경사로운 문경새재
새도 날아 넘기 힘든 고갯길에
억새풀이 우거진
하늘재 이우리재
사이의 고갯길
새로 만든 새재길이다
이름이 많은 길에
새가 운다
이름이 운다
새가 날아간다
나는 그 길에 서 있다

2.
앞 뒤 없는 꼬마 전차가
앞뒤 없이 오르내린다
슬슬 달팽이처럼 오른다
앞산 붉은 단풍바람도
모노레일카를 타고 오른다
사극 촬영 세트장에는
장영실이 해시계를 만들고 있다
고구려궁 신라궁 안시성
요동성, 안식년을 맞은
낙엽들은 휴식중이다
가을바람이
역사를 싣고 오르내리는 길에
꼬마 전차가 또
가을을 한 아름 싣고 온다

벚꽃 피는 날

봄날 작은 예식이 열린다
소나무 신랑
벚꽃 신부
하객으로 매화꽃들이 우루르 피었다
지나가던 참새는 주례를 서고
소나무 밑엔
벚꽃 면사포가 너울거린다
볼연지 같은 벚꽃
분홍신부가 걸어나온다
새파란 신랑이 온다
애송이 햇살 사이로
벚꽃 피는 소리 같은 축가
개구리는 폴짝폴짝
잊을 수 없는
첫 봄이다

순천만 정원

꿈의 다리를 꿈처럼 지나간다
갈색 빛이 감도는 물여울 위로
보석처럼 맑은 가을볕이 서성인다
티끌 하나 나부끼지 않는 맑은 물의 향취는
솜털처럼 가볍고 평온하다
네덜란드 풍차가 돌아간다
갯지렁이가 다니는 길에는
촉촉한 바람이 지나가고
갯지렁이 도서관을
해종일 읽는다
정원 한 바퀴 꼬마버스가 돈다
스피카는 세계를 노래하고
한 컷 한 컷 추억을 담는 카메라

포근한 잔디를 자꾸 밟는다
솔로몬의 백합처럼 아름답고
아름답다

순천만 정원은
천상의 공원이다

컵

그냥 마신다

컵 안에 둥둥 뜬 아카시아 꽃잎
너를 마신다
아카시아 꽃은
새로운 향이였다
봄바람 꺾어 불던
아카시아 언덕에 상큼한 향처럼
너는 그렇게 가고 있었다
컵과 컵이 손을 잡는다
아카시아를 닮은
장미를 닮은 그가
찻집 한구석에서
시간의 컵을 헹구고 있다
그땐 왜 그렇게 갔냐고
슬픈 향을 미련으로 남기고
떠난 그녀는
아카시아 꽃잎이었다

겨울 시인

눈보라가 겨울호를 싣고 오네요
눈보라도 없는데 눈이 내리네요
눈보라는 어디서 꿈꾸고 있나요
봄소식은 그녀처럼 돌아오고
겨울 시인은
따스한 봄볕을 캐고 있나요

새봄이
틈을 엿 보네요
빈 가지 끝에서
마음을 다 잡네요
준비 끝
뜀박질 준비를 하고 있네요

환선굴을 찾아서

무박 2일을 달려온
정동진역도
아침햇살이다
묵호시장 지나가는 S투어
아침 식사 나누는
산들바람
굽이치는 골짜기마다 바람이 서늘하다
미로 찾는 심심골짜기
그곳에도
모노레일은 있다
캄캄한 내장 훑고 나오는
안개 속 같은 환선굴
가을 하늘이
눈에 푸르다

반구대 암각화

숨은그림찾기를 한다
바위에 기생하는 수많은 어류들
호흡도 없이
소리 없는 소리를 지른다
낙엽도 물고기가 되어 헤엄을 친다
낡은 물고기들이
상상의 배를 타고
원초의 바위에서
나를 따라온다
멧돼지도 굴굴거리며
따라온다
사냥도구를 맨
선사인이 따라온다
가던 길보다
오던 길이 더 가까운
암각화 오솔길
대나무도 살고
곱게 물든 가을이 산다

작천정

1.
선비들이 바윗돌에 모여 앉아
도란도란 하얀 시를 읊는다
한 시절 풍류를 읊었을
이구소 시인의 퉁소 소리가
개울물살의 포말처럼 들린다
온 개천자락이
허연 원고지를 펴 놓은
심심산골 맑은 골짜기다

2.
정몽주를 베고 누운 정자에는
갓 쓴 선비들의 곧은
도포자락이
맑은 개울 물살에 떠오른다

무열왕 능처럼
수장되어 있는
어느 선비의 이름 석자
조잘거리는 개울물에
시를 낭송하고 있다
바위 촘촘히 들이박힌
이름들
울주 작천정의
파수꾼이다

버들포

선창 골목길에
파래냄새가 파룻파룻 휘감기고
갈매기 자갈소리에 해일이 인다
개구쟁이들 발자국 소리가 동각 뒷골목
등천집 돌담길을 바람처럼 쓸고 간다
빨래소리는 실버들 개울물에 젖는다
잣대처럼 잘린 단발머리가
유포이발관 거울에 비춰고
세라복 차려입은 물방울무늬가
타박타박 걸어온다
소국 흐드러진 골목길이
국화꽃 피우는 향기로 바쁘다

[제5부]

고등어의 변신

고등어 한 손이 어시장을 빠져 나오고
칼잡이는 재빠르게 배를 가른다
간 잡이의 슬쩍 뿌리는 간 끼가
온몸에 수면제처럼 배어든다.
동해처럼 푸른 고등어의 등 쪽에는
동해의 DNA를 담뿍 담았다
수험생 고시생 과학자
동해를 많이 구워먹은

머리 좋은 아이큐
간 잡이가 인간문화재 장인이 되어야
간 고등어의 참맛을 안다고
아비의 그 아비가 전한다
칼잡이가 고등어를 잡는다
간 잡이가 간을 친다
고등어가 헤엄쳐 가는
동해바다 속
간잡이의 마우스가
클릭을 한다

야시장

땅거미가 어둠을 준비하는 사이
거리도 야시장을 준비한다
밤을 즐기는 미식가들이
낯선 길 놓치지 않으려는
남포동 야시장에
빨간 마후라가 걸리고 넥타이가 걸리고
양말짝들이 자리를 잡는다
밤의 시장이 휘황찬란하다
마늘 넣어 푹 끓인 닭백숙이
허기진 위장을 잠재워주던
남포동 골목 그 집
지구촌의 맛 집으로 바뀐
부평동 야시장 골목을
필리핀 태국 차이나 몽골
월남 쌀국수와 보쌈
아오자이 입은 가녀린 몸매가 차지한다
가녀린 쌀국수를 파는
야시장을 걷는다 다문화를 걷는다

흥정을 하는 밤거리의 불빛
어깨동무 한 다국적 낭만이
밤을 즐기고 있다

그때 영도다리

영도 남항동 2가 82번지
언니가 경북 문구점을 하던 시절
선장집에 살던 댕기머리 금자는 숙이를 업고
단발머리는 조카 정란이를 업고
구경을 가고, 그때 들었던 영도다리는 목판이고
남항동에는 전차 종점이 있고
항구극장은 홍콩의 왼손잡이
이예춘이 스크린에 빛나고
아미달 스치는 바람에
영도교 난간에는
별이 떠 있다

요때 영도다리

영도다리 난간 위에
스마트폰이 지나간다
복잡한 도시도 지나간다
짧은 바지가 지나간다
현인의 노래비가 떴다
관광버스가 떴다
먹이 찾아 헤매는 낯선 새가 떴다
허공에 뜨는 영도다리
12시 15분이
올라가고 내려간다

바다 맛

과자보다 더 바삭거리는 새우 맛
새우 맛보다 더 맛있는
바다 맛
입 안에서
바다가 출렁인다
출렁거림을 낚아
바다를 요리한다
바삭바삭 잘 익은
새우에 손이 간다
바다의 횡간 사이로
그물질하는 바람
새우가 없는 새우깡 속에는
만우절이 있다

창공은 외로워서
별을 총총
심은 저녁
새우를 튀긴다

오동도 다리

바위 위를 걷는다
하늘을 향해 길게 누운 다리
여수항이 출렁거린다
동백아가씨 걷던 다리
그리움만 사뿐사뿐 걷는다
해조곡 노래 부르면
노을 한 송이 머리에 꽂고
추억 한 줌 바람에 날리며
물새처럼 너울너울 걷는다
그 시절 없었던
꽃 열차
동화 속 이야기처럼 달려간다

수첩

빽빽이 박힌 전화번호가
주민번호처럼 뜬다
얼굴 하나 모습 하나
음성까지 덩달아 뜬다
번호 사이로 그 사람이 보인다
미소도 보이고
골목길을 지나가던
아지랑이도 보인다
산골짜기 금낭화 밭에 피어난
꽃 시
꽃이 먼저 피었는지
시가 먼저 피었는지
사월의 청보리가
먼저 피었는지
수첩 속에
전화번호가
신호를 보낸다

가을 입문

송편을 빚다가
밤하늘 보름달을 본다
그때 추석에 본 달
두둥실 많이 자랐다
벌초를 하러 간다
예초기는 말벌과 신음하고
산속에서
툭 터지는 밤알도 가을이다
대추나무에 영근 대추알
질끈 가을을 깨물다
나를 깨물다
보름달을 깨문다
강강수월래가 빙빙
추석을 돌고 있다
가을 입구를 돌고 있다
가을빛이 슬쩍 단풍잎에
붉은 접속을 한다

2016 말복

폭염주의보도 정오에 해제됐다
돌담장 작은 틈새에도
서늘바람이 일고
손수건은 이마를 닦는다
꼬리를 사릴 줄 모르는
여름 끝
티비에서는 리우 올림픽의
젊은 땀들이
오아시스처럼 방울방울 솟아오르고 있다
방학이 아쉬운 등교 길
땀방울을 닦는 아이들이 지나간다

행길 저쪽에서는
일어서는 바람과
엎드리는 바람이
꼬물거리고 있다
무더위에 발끈하던 세포들이
납작 어푸러지는
시늉을 한다

100 절벽은 도전이다

슈퍼 문

－2016, 시월 보름달

시월 보름밤에는 달을 본다
그냥 본다
그 달이
그 달인데
슈퍼달이라는 말을 들은
달은 더
넉넉해 보인다
천체망원경인양
폰 속의 카메라로
달을 관측하는 작은 우주인

68년 만에 뜬
슈퍼 문
달은 우물 안에도 떴다
우물이 달을 먹었다
만월이 된 우물
임부처럼 떠 있다

투자

여름에게 자아를 투자하자
시간을 투자하고
상상을 투자하고
어떤 맹 더위도 투자하자
시를 위해
행을 만들고
시어를 만들고
연을 띄우고 허수아비에게
의인화를 덧입히자
개울가 풀꽃을 뜯어
낭만부엌을 만들자
맛있는 시를 요리하고
은유의 맛을 드레싱해서
원고접시에 담자
여름에는 바닷가 모래밭에서
시의 진주를 줍자

벽들 이야기

부동산이 하늘 높이
뛰어 오르는 봄날
저 벽 높은 트윈스 아파트에
이사 가기는 글렀다고
산 밑 달동네 사는
석이 네가 입을 붕어처럼
달싹거린다

(내 집은 안 오르는데
너 네 집만 오른다고)

살구나무에는 꽃이 피는데
무화과나무에는 꽃이 안 핀다고
무화과나무도 입을 달싹거린다

벽과 벽이 서로 마주 본다
우리는 그래도 마주보고
있으니 외롭지 않다고
옆 벽이 귀엣말을 한다

V3

스팸 편지함을 비우고
메일 휴지통을 비운다
안 읽은 편지
103개를 지우고
지난여름 무더위와
술래잡기 하던 모기
꽁꽁 묻어 두었던 밀어
문간방 대발에 엮어 놓고

너에게 간 쪽지
나에게 온 쪽지

닫았다 열었다

읽었다 지운다

*V3 : 바이러스 체크파일

104 절벽은 도전이다

알파고

바둑을 둔다
알파고와 함께 둔다
첫 번째
두 번째 세 번째
사람을 이긴
알파고
흔들림 없는 흔들림이다
수가 수를 못 이긴다
벼랑 끝 바람에게
남은 한 수
묘수와 정석은
자기 집으로 간다
돌들이 들썩인다
인공지능이 바둑판을
들썩인다

세돌이 머릿속에는
바둑이 산다
알파고가 산다

가을 등에 업혀

산길을 걷다 생강나무 등에 내 등을 덜컹 댄다
물 흐르는 소리 따라
외딴 골짜기 너와집에
김치 담는 알싸한 생강 향이 사뭇 돈다
도화지 없는 산속 화실
나뭇잎이 도화지다
다람쥐도 그리다 가고 청솔모도 그리다 가고
노루 똥도 그려놓고 멧돼지도 그려놓고
산토끼도 도토리 알밤 하나 숨겨놓고 떠난 산비랑에
심마니도 붉은 열매 달린 산삼 한 뿌리 그려놓고 갔다

가을 등에 업힌 나도 가을이다
여름을 털어내는
붉은 낙엽이다
삶의 지문을 나뭇잎에 찍는다

십이월

노래방에 모였다

탬버린도 흔들고
밀키스 한 잔으로
목을 적신다

최백호의 낭만에 대하여
거듭거듭 찍으며
잔잔하게 풀어놓았다
실처럼 뒤엉킨 한해의 뒤풀이
무거운 짐
배낭처럼 풀어놓고
오솔길을 탄다
찬바람이 지나가는 세모 길에
백마 탄 왕자가 온다

한해를 털어놓고
아쉬움을 털어놓고

절벽은
도전이다

윤 혜 진 · 시집

자연과 사물의 서정, 그리고 회억回憶의 연가

서 주 열
(한국현대시창작연구원 원장, 시인, 수필가)

자연과 사물의 서정, 그리고 회억回憶의 연가

서 주 열
(한국현대시창작연구원 원장, 시인, 수필가)

우리 인간은 아득한 과거의 기억이 쌓여있을수록 깊이와 높이가 있고 부피가 큰 기간으로 느끼게 되는 것이 시적 인간의 시간의식이라 할 수 있다. 특히 어리던 시절의 시간이 더 길고 많게 느껴지는 것은 모든 것 하나하나가 우리의 의식 속에 감동적으로 새겨져 있기 때문이다.

인간의 삶이란 단순히 알 수 없는 미래를 향한 항해만을 뜻하지는 않는 것이다. 거기에는 삶의 방향을 잡아주는 능동적인 안내자와 같았던 것이 있다. 즉, 인간의 삶을 지배하는 것은 지난날이고 우리의 기억 속에 남아 있는 추억이야말로 인간의 삶을 이끄는 결정적인 동인動人인 것이다.

시집 저자의 시에서도 "송편을 빚다가 밤하늘 보름달을 본다." 라고 계시적으로 드러내고 있는 바, 윤혜진의 시집 『절벽은 도전이다』에는 지워지지 않는 또는 지을 수 없는 숱한 그리움의 순간들을 다시 불러내어 소중한 의미와 가치를 부여하는 기억의 연금술을 보여 준다. 그리고 우리는 이 시집을 통해 캄캄한 망각의 어둠속으로 스러져버리는 덧없는 이야기와 순간들을 영원한 현재로 살게 하는 역동적 상상력의 회억과 맑고 깊은 지난날의 연가를 부르고 있다.

1. 시간적 사유의 시적 형상화

일상적 시간관에서 세월의 흐름은 순환적 구조를 지니고 끊임없이 이어진다고 생각한다. 이러한 순환성은 표면적으로 볼 때 변화라는 개념을 궁극적으로 받아들이는 것 같아 보이지만, 이 변화의 과정은 주기적 변화를 통해 다시 원상태로 돌기 때문에 궁극적으로는 불변성을 강조하는 것이다. 원을 이루며 돌아가는 순환구조는 시작과 종말도 없는 가장 완벽한 영원성을 보여주기 때문이다. 이러한 시간적 사유는 계절의 변화를 암시하는 다음과 같은 작품에서 분명히 볼 수 있는데, 계절에 따른 자연의 변화에서 인생의 의미를 찾고 그로부터 근원적인 생명력을 감지하고 탐색하는 열정까지도 발견할 수 있다.

송편을 빚다가
밤하늘 보름달을 본다
그때 추석에 본 달
두둥실 많이 자라났다

예초기는 말벌에 신음하고
산속에서
툭 터지는 밤알도 가을이다
대추나무에 영근 대추알
질끈 가을을 깨물다
나를 깨물다
보름달을 깨문다
강강수월래가 빙빙
추석을 돌고 있다
가을 입구를 돌고 있다
가을빛이 슬쩍 단풍잎에
붉은 접속을 한다

– 「가을 입문」 전문

노을이 문을 닫은
순천만
어둠으로 색칠을 한
갈잎이 까맣다

어깨동무처럼 다정하던
달빛이
그리움 하나
갈밭에 풀어 놓는다

유통기간 지난
짧은 사랑이
아무것도 보이지 않는

갈밭에
갈잎소리가
은은한 달빛과
수런거린다

아쉬움이 바람처럼 흔들린다
버석거리는 아쉬움 하나
두고 간다

- 「갈대밭을 찾아」 전문

윤혜진 시인의 시관은 사물과 자연의 섭리와 질서에의 합일을 보다 구체적인 사물을 빌어 형상화시킨다. 그는 시간의 흐름을 탁월한 계절감각으로 노래하고 있는데, 자연의 질서에 의탁하여 순리를 따르고 조화를 추구하는 인생관과 무관하지 않을 것이다. 그래서 시적 화자는 "노을이 문을 닫은/ 순천만/ 어둠으로 색칠한 갈잎이 까맣다"라는 갈잎을 그리거나 "어깨동무처럼 다정하던/ 달빛이/ 그리움 하나/ 갈밭에 풀어 놓았다"를 부르고 "아쉬움이 바람처럼 흔들린다"를 노래하기도 한다. 특히 갈잎소리는 겨울의 시작을 암시하고 있는데 갈잎소리로 가을을 밀어내고 겨울이 그 자리를 찾아 가는 시간의 변화가 시인의 눈앞에서 이루어지고 있는 것이다. 바로 그런 까닭에 이를 의식하는 시인에게 있어 떠남을 준비하는 가을은 외롭고 쓸쓸하고 고적한 것일 수밖에 없으리라.

하지만 우리가 사라진다고 해서 삶이 그것으로 끝나는 것이 아닌 것처럼, 가을과 겨울이 지나면 봄이 오게 마련이다. 어김

없이 봄이 다시 찾아오는 것도 필연적인 시간의 흐름에 따른 순리다.

꽃이 핀다
갈꽃이 일렁인다
신(神)들이 앉아
불꽃을 피워 올리고
불씨들이 앉아서
모의를 한다

억새가 계곡에서
더벅머리를 감는다
빈 가지에는
적막이 매달리고
떠나가는 바람이
아스팔트를 쓴다
나뭇잎은
새가 되어 날아가고
가을이
툭툭 떨어진다

붉은 모자를 쓰고
나는
산성 남문을 걷고 있다

—「산성에서」전문

하얀 목련이
하얀 소리로 떨어진다

벚꽃 숲 걸어가는 그녀도
하얗게 눈꽃비가 된다

분홍진달래가 피고 싶은 봄
화전 한 접시 붉게 구워진 봄

꽃샘바람 울고 가는 언덕
개나리도 노랗게 핀 봄

사월은 꽃이다
꽃이어서 아프다

– 「사월은 꽃이다」 전문

계절적 변화는 필연적인 것이다. 봄은 어느 순간 시인의 등 뒤에서 다가와 눈앞의 겨울을 밀어내고 그 자리를 차지하게 마련이다. 윤혜진 시인은 만물을 소생시키는 봄기운을 바라보면서 대자연의 질서에 찬탄하고 있다. "꽃이 핀다/ 갈꽃이 일렁인다/ 신들이 앉아/ 불꽃을 피워 올리고/ 불씨들이 앉아서/ 모의를 한다" "억새가 계곡에서/ 더벅머리를 감는다", "나뭇잎은/ 새가되어 날아가고/ 가을이/ 톡톡 떨어진다" "붉은 모자를 쓰고/ 나는/ 산성 남문을 걷고 있다"(「산성에서」) 등 수많은 봄과 가을의 풍경들이 시적 화자의 시야를 지배하고 있다. 그런데 이와 관련하여 주목할 것이 있다. 바로 시를 지배하고 있는 정조情調다. 가을을 노래한 시의 정조가 정적이었다고 한다면, 봄을 노래한 시의 주된 정조는 동적이다. '불꽃을 피어 올린다' 와, '툭툭 떨어진다' 의 소리는 시의 분위기를 더 할 수 없이 동적인 것으로 만들고 있다. 봄날의 따사로운 정경이 시각과 청각의 묘한 배치로 한껏 분위기를 고조시킨다. 적절한 비유와 표현기법을 동원하여 구체적이고 감각적으로 소생한 봄기운을 나타낸다.

> 냇가에 버드나무가
> 긴 팔을 흔든다
> 아 목동들의 피리소리가
> 언덕을 넘어 간다
> 쇠풀지개 진 아이가 소를 몰고 간다
> 바람도 꽃구름을 지고 간다
> 풀피리 꺾어 불던
> 보리피리 푸른 친구들
> 피리들이 모인 고향언덕에서
> 흑부리의 피리소리가
> 도깨비를 몰고 간다
> 지나간 시절은
> 도깨비 시절
>
> 꿈처럼 지나가 버렸다
>
> — 「피리소리 들린다」 전문

살아가는 것을 모색한다는 것은 곧 희망을 찾아간다는 길이다. 살아가는 것에 대한 긍정과 내일에 대한 믿음은 시인뿐만 아니라 시를 읽는 독자에게도 더할 수 없이 소중한 것이리라. 더욱이 자연친화적 서정성과 긍정적 인생관으로 살아가는 윤혜진 시인의 태도에서 삶에 대한 진정성을 느낄 수 있다. 시적 화자는 삶을 자연의생명력과 순리를 통해 긍정적으로 표현하고 있다. 무질서와 혼돈의 움직임 속에서도 조용히 생성과 소멸을 되풀이하는 우주적 질서를 또 하나의 질서인 삶의 현상으로 표현하여 존재와 이법의 관계를 드러내고자 하는 것이다. 이러한 시관은 맑고 깊은 자연친화적 서정성과 생태적 상상력에서 비롯된다.

2. 자연관의 서정성과 생태적 상상력

사람은 옛날부터 자연을 통해 사람의 정신적 가치를 추구하고 감흥을 노래하였다. 자연은 인간 정신에 의존하여 그 존재를 확인 할 수 있었다. 즉 개인적인 감정의 차원에서 자연을 바라보고 그것을 인간의 정신세계와 관련지을 때, 자연은 비로소 문학 또는 시 속에 표현될 수 있었던 것이다.

윤혜진 시인의 경우도 상당수의 시가 자연을 시적 대상으로 설정하거나, 자연 현상을 통해 자신의 시상詩想을 노래하고 있다. 그러므로 자연스레 자연친화적인 서정과 순정한 내면과 정밀한 관조의 시선을 만나게 된다. 무엇보다 그의 시는 투명하다. 몇 마디만 읽어도 무슨 말을 하려는지 속내가 훤히 들여다보인다. 화려함 대신에 소박함과 솔직함을. 장황함보다는 단순함을 택하고 있다. 우주를 노래하되 구차스럽지 않다, 이런 면에서 그의 시적 지향점은 서정적이다. 맑고 깊은 서정의 마음으로 자연을 바라봄으로써 본심이 순한 자연도 스스로 그 아름다움의 본질로 시인에게 화답한다.

봄의 머릿속에 꽃무늬가 일렁인다
미용실에서 돌아오는 길에
먼 산의 산뜻한 머리를 본다
강둑에서는
환유의 파란바람이 분다
바람은 물결을 던져 강물위에
물수제비를 뜬다
잡히지 않는 세월과
걸리지 않는 바람이 버들가지에
사월을 물들인다
아슬한 언덕에 개나리가 떴다
잊지 못할 노란 사랑 노란증오
봄이 보고보고
또. 보고 간다

－「또. 보고 간다」 전문

자연과 인간이 한 호흡을 이룰 때 거기서 근원적인 생명력이 표출되고 시화된다. 시적 화자는 자연에 대한 관조에만 그치지 않고, 왕성한 숲의 이면에 깃들인 의미를 포착하여 탐구함으로

써 삶의 본질과 이치를 일깨우고 있다, 화자는 생명력을 유지하기 위하여 자연과의 교감할 수 있는 치유의 공간으로서 숲을 찾는다. 여기서 자연과의 교감을 통해 생명의식을 진지하게 탐색하며, 공존과 평등의 아름다움을 서정적으로 형상화하고 있다. 자연과의 교감을 통해 생명력을 환기시키고 인간성 회복을 부단히 희구하고 있는 윤혜진 시인의 주제의식과 직결되는 시정신이다.

꿈의 다리를 꿈처럼 지나간다
갈색 빛이 감도는 물여울 위로
보석처럼 맑은 가을볕이 서성인다
티끌하나 나부끼지 않는 맑은 물의 향취는
솜털처럼 가볍고 평온하다
네델란드 풍차가 돌아간다
갯지렁이가 도서관을
해종일 읽는다
정원 한 바퀴 꼬마 버스가 돈다
스피카는 세계를 노래하고
한 컷 한 컷 추억을 담는 카메라

포근한 잔디를 자꾸 밟는다
솔로몬의 백합처럼 아름답고
아름답다

순천만 정원은
천상의 공원이다

－「순천만 정원」전문

여기서도 자연의 오묘한 섭리와 생명력을 보여주고 있다. 윤혜진 시인은 대자연의 질서에 찬탄하며 삶의 의지를 북돋우고, 자연의 근원적 생명력을 부각시키며, 생명에 대한 인간의 한계를 일깨우기도 한다. 특히 자연을 통해 생명의식을 진지하게 탐색하고 있다는 점이 주목된다. "티끌하나 나부끼지 않는 맑은 물의 향취는/ 솜처럼 가볍고 평온하다" "순천만 정원은/ 천상의 정원이다" 순천만 정원에 관심을 기울이고 있는 시적 화자는 자연과의 교감을 통해 생명력을 환기시키고 생태계 회복을 부단히 희구하고 있다는 반증일 것이다. 온갖 산업 재해가 파생되고 자연환경이 급속도로 파괴되는 시점에서도 생활환경, 즉 삶의 궁극적인 행보와 평화에 기여하는 자연생태의 보존과 생명의 소중함을 결코 포기해서는 안 된다는 것을 역설한다. 새로운 사회 문제로 대두한 생태문제를 탐색하며 생명 시학적 상상력으로 이를 품어내는 시작詩作은 윤혜진 시인에게 있어 견고하면서도 튼실한 시적 자양분이 된다.

봄날 작은 예식이 열린다
소나무 신랑
벚꽃 신부
하객으로 매화꽃들이 우루르 피었다
지나가던 참새는 주례를 서고
소나무 밑엔
벚꽃 면사포가 너울거린다
볼연지 같은 벚꽃
분홍신부가 걸어온다
새파란 신랑이 온다

애숭이 햇살 사이로
벚꽃 피는 소리 같은 축가
개구리는 폴짝폴짝
잊을 수 없는
첫 봄이다.

- 「벚꽃 피는 날」, 전문

시적 화자는 어쩌면 어리던 시절로 잠시 돌아간 순간이다. 봄과 땅, 꽃과 동물을 만나면서 꽃들의 축제장인 봄의 아름다운 풍경을 통해 인간과 자연과의 공존을 노래하고 있는 것에서 볼수 있다. 무엇보다도 세상 만물이 하나로 연결되어 있다고 보는 생태학적 관점이 눈에 띈다. 즉 인간과 자연 만물은 반드시 공존해야 한다는 것이다. 이것은 자연친화 사상에서 한 걸음 더 나아가 시적 화자가 노래하는 '공생과 상생'이라는 생태적 상상력과 연결 되는데, 자연과 인간 사이에 숨겨진 수많은 현상을 예민한 감각과 생태적 상상력으로 포착하여 형상화시킨다.

3. 시원으로의 회귀, 고향에 대한 그리움의 연가

인간은 자기 조상들의 발상지에 대해 관심을 갖는다고 한다. 그래서 시간이 나면 그 발상지를 찾아간다고 한다. 그곳은 '신성한 곳'이며, 따라서 '세계중심'이 되고 '우주의 배꼽'이기 때문이다. 조상들의 고향일 뿐만 아니라 자신의 고향이기도한 이

'세계의 중심'은 원초적 생명의 근원을 의미하기도 한다. 그런데 시인이 고향을 노래하는 것 역시 단순히 고향에 대한 그리움의 토로를 넘어서 아마도 이러한 '시원으로의 회귀'에 이르고자 하는 존재론적 갈증을 나타내는 것이라 볼 수 있다. 곧 윤혜진 시인이 고향 여수에 대한 끈끈한 공동체적 삶이 훼손되지 않은 채 지탱되고 있는 아름다운 공간으로 기억될 뿐이다. 그것이 아무리 궁색하고 다난한 과거일지라도 시간적 거리를 두고 바라보게 되면 파스텔화처럼 어렴풋한 색조를 띠게 마련인 심미적 효과 때문이기도 할 것이다.

> 감나무가지에 걸린 초승달이
> 까치밥을 그냥 먹고 있다
> 툇마루에 눌어 붙은 별빛은
> 시렁에 걸린 곶감을 내걸고
> 하얀 서리를 맛본다
> 늦가을 남겨둔 마지막 주전부리
> 지푸라기에 엮은 무시래기를
> 돌담에 치렁치렁 올린다
> 누런 호박 덩이와 볏섬
> 엄마의 홍시도 붉게 익어간다
> 그는 익어 산으로 가고
> 호박은 익어 툇마루에 앉았다
> 초가지붕에 엎드린 이엉은
> 가을걷이해온
> 툇마루를 느긋한 눈빛으로
> 빤히 내려다본다

―「툇마루」전문

자연의 현실 공간에 둥지를 틀고 있으면서도 여전히 윤혜진 시인의 시적 상상력은 수시로 고향 깊숙이까지 파고든다. 도시에서 고향을 찾아보는 시적 공간의 확대는 그의 시세계가 얼마나 고향의식과 맞닿아 있는지를 보여준다. 벗어날수록 더욱 강한 흡인력으로 끌어당기는 고향의 상실과 무관하지 않다 그것은 다름 아니라 그의 내면세계에 자리하고 있는 '향토적 서정성'이라고 할 수 있다. 더욱 강력하고 절실한 '향토적 상상력으로 고향 모습을 더 가까이 찾아 나서는 윤혜진 시인의 시세계의 원동력이다. 바로 "감나무가지에 걸린 초승달이/ 까치밥을 그냥 먹고 있다"에서 와 "초가지붕에 엎드린 이엉은/ 가을걷이 해온/ 툇마루를 느긋한 눈빛으로/ 빤히 내려다본다"의 어릴 적 고향노래이다, 안타까움과 그리움으로 다가오는 고향은 도시 생활의 터전이지만 생태적인 삶으로서의 원초적 공간이며, 고난과 역경에서 일어나게 하는 구원의 표상이다.

바다 위를 걷는다
하늘을 향해 길게 누운 다리
여수항이 출렁거린다
동백아가씨 걷던 다리
그리움만 사뿐사뿐 걷는다
해조곡 노래 부르며
노을 한 송이 머리에 꽂고
추억 한 줌 바람에 날리며
물새처럼 너울너울 걷는다
그 시절 없었던
꽃 열차

동화 속 이야기처럼 달려간다.

- 「오동도 다리」 전문

　여수는 윤혜진 시인이 태어나 자란 곳으로, 오랜 세월이 지난 지금에도 그리움의 원형으로 마음 속 깊이 간직되어 있다. 또한 가족들 간의 추억이 내포된 공간으로 이러한 향수의 귀결처에는 언제나 가족이라는 그리운 시적 대상이 존재한다. "하늘을 향해 길게 누운 다리"의 모습과, "동백아가씨 걷던 다리/ 그리움만 사뿐사뿐 걷는다" 그리고 시적 화자에게 고향은 그의 내면에서 자꾸만 소멸해 가는 의지를 불러일으키고 새로운 생명력으로 허전한 마음을 위로해 주는 끈질긴 불씨였다. 특히, 고향은 인간에게 영원할 수밖에 없는 것이면서 동시에 현실적인 생활을 이끌어 가게 하는 힘의 원천으로서의 상징적 의미를 지닌다. 인종과 헌신의 미덕을 일깨워 주는 교훈으로서, 고난과 역경을 극복하게 하는 구원의 표상으로서, 그리고 다정함과 그리움의 대상인 고향은 상징으로서의 현실적 의미를 지닌다는 것이다. 그래서 윤혜진 시인은 나그네처럼 고향을 생각할 수밖에 없는 존재임을 보여준다.

4. 미의 삶을 향한 새로운 여정

　우리가 쓰는 시는 인간에게 있어 생의 마지막 순간까지 소중히 간직되어야 할 최후의 것이다. 시인이 시를 쓴다는 것은 늘

새로운 시작이다. 시 쓰는 매순간 자신의 삶을 돌아보고 반성할 수 있는 계기이며, 유년의 맑은 정신을 간직하려는 몸부림일 수 있다. 나아가 그동안의 삶의 편린들을 시집으로 엮는다는 것은 그 하나하나의 시작과 끝을 마무리하여 지금까지와는 또 다른 세계로 접어들고 있음을 의미한다.

이제 윤혜진 시인은 맨 처음의 단순하고 소박한 상태, 즉 시상의 잡다한 감정이 붙어 있지 않은 상태로의 회귀를 꿈꾼다. 그것은 오랜 세월 동안 망망대해에서 고향의 모천으로 돌아오는 연어의 생리와도 같다. 그런데 그 순백한 곳으로의 회귀는 억지로 되는 것이 아니다. 오랜 시간이 흘러야 하고 여유로운 공간이 있어야 하고, 그 곳에서 스스로의 삶을 성찰해 보아야만 한다. 지금 윤혜진 시인이 그러한 시공時空에 들어와 있다. 삶이 곧 시가 되는 생을 살아온 시인으로서 시는 곧 그의 삶의 궤적에 다름 아니다.

농작물은 토양에 따라 그 품질이 다양한 모습으로 제 빛깔을 드러낸다. 시를 만드는 시인 역시 어떤 성품을 지니고 삶을 가꾸느냐에 따라 그가 추구하는 시관詩觀 드러나게 마련인데, 윤혜진의 시 쓰기 작업은 그의 인간적이고 순수한 감성과 곡진한 삶 속에서 태어난다. 시 창작 행위야말로 선택된 인간이 할 수 있는 가장 고귀한 작업 가운데 하나라는 긍지를 가지고, 오늘도 맑고 깊은 서정성과 생태적 상상력으로 삶의 시혼詩魂을 빚고 있는 윤혜진 시인의 풍성한 문운文運을 빈다. 두 번째 시집의 출간을 진심으로 축하드리며, 앞으로도 더욱 건강하게 시를 쓰는 시우들과 함께 시전詩田을 가꾸어 나가기를 바란다.